生涯現役奮闘記

後期高齢者が書いた体験と提言の記録

鬼沢 勲

東京図書出版

はじめに

人生八十年、いや九十年、百年と言われています。

この世に生まれ、大人になるまで二十年、大人として働く期間が四十年とすれば、仮に九十歳まで生きた場合、定年後三十年が残っていることになります。昔よく言われた余生なんていうものじゃありません。残りの半生と言ってもいいでしょう。

六十歳までが前期の人生とすれば、それからは後期の人生です。六十歳は第二の人生の出発点となります。

現在における身体の状況、業務経験、経済の状況、家庭の状況、交遊関係など自分が置かれた現況をしっかり把握し確認したうえで、これからの人生設計を行い、自分らしく悔いのない人生を送りたいものです。

今春七十六歳を迎えたこの機会に、これまでの人生をふり返り、これから第二の人生を迎えようとする多くの方の人生設計の一助になることを願い、まとめてみました。

浅学菲才の一後期高齢者の拙い人生経験の記録ですので独断と偏見のそしりを免れないことをご容赦願います。

生涯現役奮闘記

後期高齢者が書いた体験と提言の記録

◎

目次

はじめに …… 1

第一章 体験記 …… 7

スタートでのつまずき
やっと仕事に巡り合う
業務の拡大を目指したが
新規業務にチャレンジ
オンサイトセミナー
生涯現役が残したもの

第二章 反省と提言 …… 31

第二の人生を迎えるにあたっての心構え
何をやって生きていくか

何のために働くのか
チャレンジ精神
何をするにも体が基本
お金がなければ好きなことはできない
仕事ができることと仕事を手にすることとは別
教えることは学ぶこと
知らないことは聞けばよい
顧客志向
完璧を期さない仕事術
人の話を聞こう
押しと引きは柔軟に対応する

第三章　定年後の過ごし方 …… 70
家族の安泰がエネルギーの源泉

趣味は心の安らぎ
付き合いは生きがいと老化防止の良薬
定年後でも友人はできる
入院は明日への準備
車の運転
住まい
外見を意識しよう
孫との付き合い
ペット
自分史を書こう

おわりに …………………………………… 96

第一章　体験記

スタートでのつまずき

私は、現在、幸いなことに健康に恵まれ、後期高齢者として平凡な日々を送っている。しかし会社を定年退職し、第二の人生をスタートした後の仕事には紆余曲折があり、当初予期したように進まず、思い悩むこともあった。日本で導入して間もないISOの業界の実情を知らずにスタートしたことが招いた結果であった。

二〇〇一年、五十九歳の時、会社の希望退職制度を利用して退職し、第二の人生をスタートした。当時我が国の経済は、バブルの崩壊により平成不況を迎えており、産業活動は停滞していた。このため企業は新規採用の抑制、人員の削減を含む組織体制のリストラを行った。

私は定年の五年ほど前より、定年後はＩＳＯ規格の審査員になると決めていた。当時の心境として、会社人間として平凡なサラリーマン生活を送ってきたが、体内には未だ燃焼しきれないエネルギーが残っており、自分に合った新たな仕事にチャレンジしたいという思いがあったのである。経済的にも、未だ住宅ローン、銀行ローンが残っており、退職金、年金だけで暮らしていける状態ではなかった。

ＩＳＯ規格は、一九九〇年代に欧米で開発された品質管理を基礎とした会社経営の仕組みのことである。国際的に通用する仕事をする上での標準的な仕組みであり、この仕組みに従って仕事をしている企業や事業者に対し認証を与える制度だ。

一九九〇年代の後半、電機、機械、自動車など輸出産業を主体に、ＩＳＯ規格を一斉に導入した。日本では初めてのことなので、未だＩＳＯに関する業務についての経験者は少なかった。私は、これから産業の国際化が一層進むので安定した仕事になるに違いないと思いＩＳＯ審査員の道を選んだ。ＩＳＯの審査員は、製造現場を持つメーカーの管理職を経験した人が多い。特に品質管理の業務を担当した者が多くいた。

私の場合、四十代の頃に外資系の石油精製会社の製油所で生産管理の業務を二年担当したことがある。その際、品質管理について直接担当したわけではないが、関連業務として品質管理の基本的なことは学んでいた。

ＩＳＯは、経営の仕組み、つまりマネジメントシステムのことだ。仕事で良い成果を出すために、計画を立て、実行し、計画した通りの結果が出たかどうかを点検し、問題があれば改善する、という仕事の流れの基準を定めたものである。この仕事の流れをＰＤＣＡサイクルと言っている。Plan（計画）、Do（実施）、Check（点検）、Act（改善）のことだ。会社で管理職の経験をしている人は、誰でも、このマネジメントシステムの運用を経験していることになる。したがって管理職を経験した者は、ＩＳＯの審査員となるために必要な基礎的な素養を持っていると言える。

私は退職前の二年間に有給休暇を利用して、川崎にあるＩＳＯ研修機関、ＴＦ社で審査員養成講座を受け、審査員補の資格を取得した。品質、環境、労働安全衛生の三つの分野の資格であった。

そして希望退職制度を利用することにより一年早く新しい仕事をスタートさせることができると思い、この制度を歓迎して受け入れた。早期退職制度は、六十歳の定年を迎えるまでの間、休職扱いとなり、年収の六〇%が支給される。就労は自由であった。

そこで資格（審査員補）を取得したＩＳＯ研修機関であるＴＦ社のＨ社長宛に依頼の手紙を出し、契約する審査機関を紹介してもらった。

定年後は会社の組織から離れるので、全て自分でやらなければならない。待っていても誰も助けてくれない。何事も積極的にアタックすることが大切だ。

紹介を受けた審査機関は、代々木にあるＥＳＥ研究所である。ここで審査員になるための見習い実習をやり、正式に審査員となった。

ところが、この審査機関が審査する企業の大半は、電機や機械のメーカーであり、私が業務経験を持つ石油、石油化学、物流などの企業はほんの一部であった。それゆえ、審査の機会は少なかった。

審査員が審査できる専門分野は、本人の業務経験により限定される。私は、電気工学専攻であるが、企業における電気関係の実務経験がないので電機メーカーの審査はできない。機械、化学、建設、サービスなど、それぞれの業種を審査するためには、審査対象となる業種について三年以上の業務経験が必要なのだ。

したがって、この審査機関に入っている審査員は、そのほとんどが、大手電機メーカーの出身者だった。

審査は、全国各地の企業を訪問して実施する。事業所の規模によって審査の工数が異なるため、大きい工場の場合、三人の審査員で四日にわたり審査することもある。この場合、工数は十二人日となる。宿泊をともなうので、審査が終わると宿泊ホテルの近くの居酒屋で、飲みながら食事をとる。審査の都度、審査チームのメンバーは異なるのでこの夕食会は、業務経験の異なる人との交流の場となり、私的な話を含めていろいろなことを知る勉強の場となった。

しかし、このように審査の割り当てが少なく、時間を持て余すことになり、希望と一抹の不安を持ってスタートした第二の人生は、スタートからつまずくことになった。

ＩＳＯ審査機関の内情について詳しく調べていなかったことが招いた結果である。

これまで長年勤めていた会社を辞めると、毎日が休日になる。朝起きてゆっくり新聞を読んで、テレビを観る。定年前に買っておいたが時間の余裕がなく読めなかった本を読む。ゴルフセンターに行って、たっぷりボールを打つ。こんな気楽なことはない。極楽気分に浸った思いであった。

しかし、これが二カ月も経つと不安になってくる。やりがい、充実感がないのだ。こんなことでいいのかと自問する。昔から自分に付きまとっている貧乏性が頭をもたげ、自分を責める。こんな生活をしていたら自分の人生が台なしになるのではと。

やっと仕事に巡り合う

そこでＴＦ社の関連会社であるＩＳＯのコンサルティング会社で、ＴＦ社社長の弟さんが経営している、新橋にあったＴＣ社に依頼して、その年十月にＩＳＯコンサルタントの契約をした。そしてＩＳＯコンサルタントの肩書が入った名刺を作ってもらった。

ここでやっと仕事を手にすることができた。ほっとした思いだった。

ここではコンサルタントとして、二つの審査機関の立ち上げを手伝った。

最初は、市谷薬王寺町に事務所があるＥＥ財団。環境省認可の財団法人で職員は五人の小さな組織である。ＩＳＯ１４００１（環境）の審査機関となるための準備をしており、マニュアル作りを行った。審査機関となるためには、ＩＳＯを統括する日本で一つの認定機関である公益財団法人日本適合性認定協会に申請し、認可を受ける必要がある。申請には審査機関としての組織体制、審査を実施するための規則、審査員を管理するための規則など、各種のマニュアルを提出する必要がある。二〇〇二年三月から一二月末まで、週二日の仕事で九カ月にわたりマニュアルの作成を行った。報酬は一日あたり二・五万円だった。

マニュアル作りは、以前勤めていた会社で総務の仕事をしており、各種の社内規程の作成を指導監督した経験を持っていたので、その経験を活かすことができた。ここのF理事長は、立正大学の教授（元東大農学部教授）で同大学ラグビー部の部長をしており、かつて私が主将をしていた防衛大学チームに勝ったことを自慢にしていた。

二つ目は、立川市に事務所があるEO社で、食品に特化した審査機関を立ち上げる準備をしていた。二〇〇四年五月から二〇〇六年一月まで、週二日の勤務であった。船橋から立川までは遠かったが、午前十時から午後五時までの勤務だったので通勤に問題はなかった。報酬は一日あたり三・六万円だった。

この審査機関のM社長は若く、米国に留学経験のある食品安全の専門家であった。ISO22000（食品安全衛生）についての審査機関として、認証を受けるために必要なマニュアル作りを行った。認定機関は、日本の公益財団法人日本適合性認定協会ではなく、オーストラリアとニュージーランドの合弁会社であるJAS－ANZであった。二〇〇五年一月にオーストラリアの認定審査員の女性審査員が来日し、認定審査を受けた。

マニュアルを作成した私が主体となり、英語によるインタビューで審査を受け認定を取得した。ここに勤務している時、ＩＳＯ２２０００の審査員資格を取った。食品会社の審査も実施した。埼玉県坂戸市に本社と工場を持ち埼玉県を中心に約八十の店舗を持つＧＭ社はその一つである。

食品の製造工程は、石油精製の生産工程と類似したところがある。原材料の購入、加工、検査、包装、保管の工程であり、石油精製との違いは食品特有の徹底した衛生管理である。ここでの経験が、その後各種大手食品メーカーを訪問してＩＳＯ内部監査員養成の出張講習を行う切っ掛けになった。

仕事はパートタイマーであるが、新たな職場で若い人達と机を並べて一緒に仕事をすることができ、楽しかった。またパソコンを使ってマニュアルを作ったが、これまでの経験を活かすことができたので助かった。業務収入は、年間で二百万円程度だった。

週に二日の仕事で、暇な時間が多くあったので、既に決めていた自営業としてＩ

SO内部監査員養成の出張講習の準備をした。講習に必要な教材として、テキスト、ケーススタディなどの資料の作成を行った。

業務の拡大を目指したが

二〇〇三年二月に、既に審査を実施している審査機関で八丁堀にあるJI社に審査員の採用を申し込んだ。N社長宛に手紙を書いて依頼した。数日後に審査部門から連絡があり、面接を受けて契約審査員となった。この審査機関は、審査機関の大部分が政府系の財団法人であったのに対し、株式会社組織であった。株主は鉄鋼、重電機、建設などの大手企業である十数社。そのため採用している審査員は、株主会社からの出向者又は定年退職者で占められていた。また、ここの審査員は社員の扱いであり常勤であった。

したがって、契約審査員は、常勤の審査員では対応できない場合の予備の扱いであり、契約はしたものの、審査の機会は少なかった。

そこで、この会社が提携しているコンサルタントの会社であるSW社（S社長）とコンサルタントの契約をした。このコンサルタント会社でやったことは次の二つ。

一つ目は、同社のISO研修センターが開催する内部監査員養成の公開講座の講師である。ISO9001（品質マネジメントシステム）、ISO14001（環境マネジメントシステム）の内部監査員養成の二日コースや同規格の解説一日コースを担当した。二カ月に一回程度のペースで二〇〇八年まで行った。報酬は一日あたり六万円だった。

二つ目は、千葉市幕張にある、商品棚卸の専門会社であるAS社に対するISO9001認証取得のためのコンサルティングである。二〇〇五年六月から二〇〇七年一月まで週一～二日のペースでマニュアル作りを行った。会社の社員駐車場を使わせてもらい、自宅から幕張まで五キロの道をマイカーで通うことができた。報酬は一日あたり二・五万円だった。

また二〇〇二年にＩＳＯ９００１審査員の資格を取った後、ＩＳＯ研修機関であるＴＦ社で内部監査員養成二日コースの講師を務めた。二カ月に一回のペースだった。ここは国内で最初に創設した研修機関であり、講師に対する指導は厳しかった。

当初二回は、見習いとして教室の後ろに座って、先輩の講師が行う講義の現場を見学する。その後、本番の講師をする。当初の二回は、研修部のＡ次長が、教室の後ろに座って、終始講義の模様を観察する。研修終了後に説明の仕方、質問の仕方、ホワイトボードの使い方など細かな点まで指導を受ける。

三十七歳で某銀行からの中途入社であったＡ次長からは、きめ細かなアドバイスを受けた。この年齢になって個人指導を受けることができたのは有難かった。

次長から、名物講師になれるとおだてられた。自衛隊式の大きな声で、はっきり話すので講義に迫力があるとのことであった。ここでの経験が現在の出張講習（オンサイトセミナー）に大変役立っている。

Ａ次長は、その後、部長、取締役となり、二〇一二年に研修機関を創設した社長

（現会長）の後継者となり現在も社長をされている。

報酬は、一日あたり十万円だった。

毎年、年末にＴＦ社が主催するＩＳＯの年次フォーラムが品川の区民センターで開かれる。このフォーラムには五百人を超えるＩＳＯの関係者（審査員、コンサルタント、企業のＩＳＯ担当者）が参加する。この会場で、お世話になったＨ会長、Ａ社長に、お礼の挨拶をすることにしている。

二〇〇三年、物流関係の新しい審査機関が審査員を募集しているのを知り、応募し、契約審査員となった。物流大手のＳＫ社が設立した審査機関で、社名はＬＩ社。ＳＫ社の下請け会社を対象にＩＳＯ９００１を取らせるためにスタートした審査機関である。

下請けの運送会社は全国に三百社ほどあり、二年間で全社に認証を取らせる計画であった。計画に遅れが出ないように契約直後から早速審査を始めた。二〇〇三年六月から二〇〇四年七月まで十四カ月にわたり北海道から九州まで各地を回った。熊本県の天草や和歌山県の那智勝浦にも行った。審査員は八名で、結構忙しかった。

審査が一段落した頃、審査員全員が集まる研修会で、お互いに自分の意見を発表し合う機会があった。自分達の契約審査員という立場を考えて遠慮した発言が多い中で、私ははっきりものを言っていた。結局、会社のやり方に納得がいかない面があり、途中で辞めることになった。水が合わなかったのである。後で思えば、雇われている身分なので、素直に従っていれば何のことはなかったのだ。年甲斐もなく自我が出て損をすることがある。用心、自重のしどころだ。

そんな具合で、審査員の仕事は自分が当初思っていたような安定した仕事にはならなかった。それでもコンサルタント、講師など、いろいろな業務をやったので定年五年後には年間の業務収入が五百万円を超えるようになった。

会社を離れて五年が経過し、審査業務を通して多くの会社を訪問した経験や、各種の業界出身の審査員との交流を通して、世の中のいろいろなことが見えてきた。

先ず、大手企業の社員がいかに恵まれた環境におかれているかということである。

若くして会社に入り、与えられた組織体制の中で、決まった仕事をする。仕事の分担が決まっており、与えられた仕事を忠実に実施していれば、お金が入り、生活の基盤ができる。しかも安定している。

世の中には中小の企業が沢山ある。いや我が国の産業は、中小企業で成り立っているのだ。中小企業は取引先である大手の企業やユーザーである顧客と直接つながっているので、常に外部の影響を受ける。厳しい外部環境にさらされる。こまやかに対応していかないと生存できない。また人数も少ないので、上に立つ者は何でもやらなければならない。営業活動、設計開発、製造・生産、物流、人事、総務、経理など大企業のような役割分担はない。大手企業で定年を迎えた人の再就職先は、中小企業となる場合が多い。意識を変えて、これまでの業務経験にこだわらないで、何でもやる覚悟が必要となる。

新規業務にチャレンジ

そのような折、一般財団法人ＮＪＫ協会でＰＭＳ（個人情報保護マネジメントシステム）の審査員を募集しているのを知った。そこで二〇〇六年五月の連休明けに、ＰＭＳの審査員研修を受けた。通常五日間のところ、ＩＳＯの審査員資格を持っている者は三日間であった。その後、文書審査及び現地審査の見習いを経て、二〇〇七年四月から現地審査を開始した。六十五歳からのスタートだった。

途中で審査員の定年制が導入され、七十歳定年となった。このため二〇一二年三月まで五年間継続して審査を行った。ここでの審査業務の割り当ては、前もって本人が提出する審査可能日に関する申請書に基づいて行われるため、他の業務との調整ができ、都合がよかった。

また審査以外に二つの業務を行った。その一つは審査員が現地審査に行く前に、受審企業が作成したマニュアルについて審査をするが、その審査結果が適切なものであるかチェックし、指導する監督者業務。二つ目は、審査業務を研修中の見習い審査員が行うマニュアル審査の監督業務である。

したがって、個人的にやっているＩＳＯ内部監査員養成の出張講習がない時は、ほぼ毎日、東京タワーの下にある事務所に通った。

事務所は二〇一一年末に六本木のＦＳビルに移転した。この建物には、ベンツの日本法人のほか、最近よく話題になる原子力規制委員会が入居している。堅固な建物で、入退出のセキュリティもしっかりしている。

ここには、一部のプロパー審査員（常勤の社員審査員）を除き、全員が契約審査員であり、約三百人の審査員が働いている。

審査員は、ＩＴ関係の大手企業に勤めていた定年退職者や早期退職者が多い。

私は当財団に勤めて十一年になる。五年間審査業務を担当したが、審査の割り当てが多くあり忙しかった。会社員の時に経験したことがない土曜日出勤も経験した。現役時代の人事、総務などの管理業務の経験が役に立ち、充実した五年だった。この業務の報酬は、年間で五百万円程度だった。また七十歳定年後も財団の要請を受け、週に二、三日のペースで通っている。年収は少なくなったが、年間で二、三百万円と年金支給額相当となっている。新しい分野にチャレンジすることにより道が開かれたのだ。

オンサイトセミナー

現在、個人事業主としてＩＳＯ（品質、環境、労働安全衛生）内部監査員養成の出張講習のインストラクターをやっている。

二〇〇一年、五十九歳で会社を退職してから準備を始めた。教材として、規格解説のテキスト、内部監査員養成のテキスト、ケーススタディの資料、理解度テストの問題などを作成した。

教材の完成を待って、ダイレクトメール（ＤＭ）でＩＳＯを導入している企業宛に案内状を出した。ＤＭを出しても、どこの誰かも分からず、当初は何の反応もなく、郵便切手の無駄遣いに終わっていた。

このようなＩＳＯに関する研修は、先に述べたＴＦ社、ＳＷ社などのように、ＩＳＯの研修機関やコンサルタント会社の研修センターが公開講座として行っている。そこに名もない個人で参入することになるので、容易でないことは覚悟していた。

実際に仕事を手にすることができたのは、準備を開始して二年後の二〇〇三年十月からである。

最初の申し込みを受けたのは、市原市の海岸にあり、私が勤めていた製油所の隣にあるＭＫ社市原工場であった。早速同工場を訪問し、ＩＳＯ９００１（品質）二日間コースについて説明し、受注した。二十名の受講者に対し、パワーポイントを使い規格要求事項の解釈と説明、内部監査のやり方、問題点の指摘の仕方などについて講義する。その後、ケーススタディ、監査実習を行い、最後に理解度テストを行う。七十点以上を合格とし、合格者に修了証を渡す。

初めての出張講習であったため大変緊張したのを覚えている。

この市原工場は、その後リピーターとなり、毎年講習を行っている。途中から、ISO14001(環境)、OHSAS(労働安全衛生)のセミナーも実施することになった。

ここでの実績を踏まえ、次のDMでは、MK社で講習を実施したことを冒頭に記載した。DMは、二百五十程度の事業所の品質管理責任者、環境管理責任者宛に、三カ月から六カ月に一回送付した。

このようにして、新規顧客を開拓していった。徐々に顧客が増え、今では化学、化粧品、食品、製薬などの大手三十社ほどの固定客を持っている。

実施してみて感じたのは、営業活動の難しさである。仕事ができることと、仕事を手にすることとは別なのだ。

DMで反応があり、その会社を訪問して、説明する機会が得られれば、ほぼ一〇〇%受注に結び付けることができる。また一度受注すれば、リピーターとなる確率が高い。会社を訪問し、担当者に会って話を聞いてもらう場を作るのが難しいのだ。

セミナーでは、いかに分かり易く説明するかに気を配っている。ＩＳＯの規格要求事項は、英語の原文をそのまま翻訳しているため、日本語として不自然な表現があり分かり難い。知っていることと、教えることとは別なのだ。そのため誰にでもイメージしてもらえるような具体的事例を挙げて説明するようにしている。

セミナーの最後に、受講者にアンケート用紙を配り、所見を記載してもらう。記載内容を一覧し、客先に置いてくる。アンケートはセミナーに対する受講者の満足度調査であり、講師に対する実績評価である。これで評価が得られれば、次の受注につながることになる。

私は若い頃から、人に物事を教えることに興味があった。中学生の頃、学校の先生になろうかと考えたことがあった。

浦和に住み、単身赴任で会社に勤めていた時、土曜日に北浦和駅付近にある学習塾の講師として中学生に数学を教えた経験がある。

現在インストラクターとして自分が好きなことを仕事としているので、これほど有難いことはない。

この仕事は、遠方出張ができる体力があり、はっきりした言葉で迫力のある講義ができれば、高齢でも続けることができる。

懸念するのは、歳をとるに従い、声が枯れ、語り口がレロレロになることである。正常な発声を保つための方法として、時々風呂で大声で発声練習を行い、喉の老化を防いでいる。

私は、このオンサイトセミナーを業務の中心に据えることにより、生涯現役の目標を果たしたいと思っている。しかし、新規顧客の開拓が難しく伸び悩み気味である。それでも二〇一五年にＩＳＯの規格要求事項が改訂されたことにより、ここ三年は、訪問件数が増えた。新規格への切り替えを二〇一八年までに行う必要があるためだ。報酬は、年間で二、三百万円となっている。

生涯現役が残したもの

定年直後、第二の人生のスタートにおけるつまずきは、その後の取り組みへの良薬となった。悲観し、悩んでも問題が解決するわけではない。審査が駄目なら他にできることがないかと、審査業務に固執せずにコンサルタント、インストラクターなど業務の範囲を拡げたことは、自分の可能性を引き出すのに役立った。また六十五歳から始めたＰＭＳ業務により、更に業務の幅が拡がり、安定した収入につなげることができた。

これにより定年時に残っていた住宅ローン、銀行ローンは六十七歳の時に完済することができた。

また、その後の仕事が何とか順調に進んだこともあり、今では、仮に九十歳まで生き延びた場合でも、普段の生活に必要な経済的基盤ができたのではないかと思っている。

第二の人生の後半戦が始まった。後期高齢者として体力、気力の変化との兼ね合いを考慮し、できれば当面、週に二、三日のペースで仕事に取り組み、自分らしく張りのある日常生活を送りたい。

第二章　反省と提言

第二の人生を迎えるにあたっての心構え

第二の人生を迎えるにあたって大切なことは、気持ちを切り替えることだ。サラリーマンであれば、過去の肩書を会社に返却し、一人の人間として出直す覚悟を持つことだ。これができないと、新たな社会に溶け込めず、友人ができず、仲間はずれ、嫌われ者になる可能性がある。

特に大手の企業で管理職を務めた人は、注意が必要だ。プライドが先行し、他人を上から目線で見がちになる。会社の管理職として、それなりの実績をあげたとしても、それは、会社の信用力がバックにあり、また有能な部下に恵まれた結果であることが多いのではないか。プライドは胸の奥にしまっておき、新入社員になった積もりで、謙虚で素直な自分に戻ることだ。そのようにふるまえば誰とでも親しく付き合うことができ、また新たに仕えることになる上司に可愛がられることになる。

現在週二、三日のペースで通っている財団法人には、三百人程度の審査員が契約審査員として働いている。その大半は、会社の定年退職者である。しかし誰が、どこの会社で何をやっていたか知らないし、話題になることもない。一緒に飲んだ時に初めて知る程度である。皆、第二の人生のスタートにあたり、頭を切り替えているのだろう。もっともこの財団法人は、個人情報保護マネジメントシステムの審査機関であるので、仕事の特性から個人情報保護が徹底しているためかも知れない。

年功序列型社会の我が国では、定年退職者は使いづらい存在となっている。社内で継続雇用を受ける場合、今までの先輩であり、上司が残るわけなので、なおさらだ。腰を低くし、使ってもらうという意識を持つことだ。特に今までバリバリ仕事をしてきた人は、ブレーキをかけて、出過ぎないように配慮が必要だ。

個人事業主として仕事をする場合、仕事は全て顧客からの依頼により成り立つ。本人がどんなに時間をかけて準備しても、その準備に対しお金を払ってくれるところはない。顧客に依頼されたことをきちんと実施し、顧客の要求に応えることにより、お金が貰える。また、一度与えられた仕事が継続する保証はない。一つ一つの仕事の実績が評価され、顧客の満足を得ることにより、その仕事が継続することになる。

営業マンになった積もりで、腰を低くして丁寧に粘り強く行動することが肝要だ。

何をやって生きていくか

定年後の生き方はさまざまだ。他人に迷惑がかからなければ、どのように生きようが自由だと思う。

第二の人生で何をやって生きていくか、これが大事な決めどころだ。

年金支給年齢の引き上げにともない、六十五歳まで会社に残れるようになった。引き続き会社に残って、これまでの業務経験を生かした仕事をする。これができる環境にあり、自分が望むならば一番簡単で楽な方法だ。六十五歳からどうするかだ。すでに貰った退職金、これから支給される年金、蓄えた預金などで経済的にやっていける人は問題ない。しかし多くの人は、そうはいかないのではないだろうか。

定年を契機に、これまでと違う分野の仕事にチャレンジする。できればこうしたいものだ。生涯現役を目指すのであれば定年のない自営業を勧めたい。

しかしこれには現役時代からそれなりの準備を行い、新規業務のスタートに備える必要がある。

私は現在、ＩＳＯのコンサルタントとして、化学、化粧品、製薬、食品などの生産工場を訪問し、ＩＳＯの内部監査員を養成するための出張セミナーをやっている。

セミナーの中で、若手社員に対し、学校で学んだ専門分野、会社で経験した専門分野などの枠にとらわれず、いろいろな業務にチャレンジすることを勧めている。いろいろな業務を経験することにより、知識、技能だけでなく、人間関係の枠が広がり、広い視野からものを見ることができ、総合的な判断力が身に付くのだ。

またこれは、第二の人生に向けての自分探しにもなる。

案外自分のことは知っているようで知らないものだ。技術系の高校、専門学校、大学を出たから、技術系の仕事に向いているとは限らない。過去の経験の枠にとらわれず、いろいろな業務にチャレンジすることで、今まで気付いていない自分の持ち味、特性を見出すことができるのだ。

私の知り合いの中にも、現役時代は技術系の仕事をしてきたが、プレゼンテーション能力、コミュニケーション能力が優れており、営業マンになったら重宝がられるのではないかと思われる人がいる。また、いろいろなことに興味を持って勉強しており、説明が論理的で、その内容が分かり易い人がいる。コンサルタント向きではないかと思われる。

後期の人生で仕事をするならば、自分の持ち味、特性に合った新たな仕事にチャレンジすることを勧めたい。

定年後、一切仕事はしないというのも一つの選択肢だ。友人にはそのような人が何人かいる。定年にともなう退職金、年金、これまでの蓄えで、二十年以上にわたる第二の人生を送る経済的基盤ができていれば可能だ。しかしこれは経済的に恵まれた人に与えられた特権だ。自分の好きな趣味やボランティア活動、地域自治会、町内会の世話役など積極的に活躍している方がいるが、羨ましい限りだ。

現在八十代の方で、高度経済成長時代に定年を迎えた人の中には、このような悠々自適の生活に恵まれた人もいる。過去の良き時代の名残だ。

しかし、今や我が国は、低成長時代に直面している。かつての輸出産業として外貨を稼いでいた電機、機械、造船などの基幹産業は、グローバル化にともなう自由貿易の拡大により、中国、韓国など、かつての発展途上国の追い上げを受け、国際競争力は低下した。

また少子化にともなう労働力不足、高齢化にともなう医療費の増大、農業、サービス産業における低生産性など悲観材料が多くある。戦後の追いつき、追い越せで頂上まで登り着いたのが昭和五十年代だった。その後、昭和六十年代から平成四年までのバブル景気を経て、平成五年にバブルが崩壊し、今や低成長の時代を迎えている。年金は長寿化による受給者の増加と、これを支える年金支払者の減少により、公的年金制度そのものの存続が危ぶまれている。

このような厳しい環境の中で、これからの第二の人生は、以前にも増して厳しいものとならざるを得ない。一部の富裕層は別として、我々庶民は働いて稼がなければ生活が成り立たない。

何のために働くのか

定年後、何のために働くのか、働く目的を明確にし、腹を決めることが大切だ。

サラリーマンのように組織の一員で働いている人は別だが、個人で仕事をして成功している人の中には子供の頃、経済的に恵まれない環境に育った人が多くいる。野球、サッカー、ボクシング、芸能界などのプロの世界がその典型だ。貧しい家庭環境で育った人は、若くして貧乏の悲哀を肌で感じているため、何とかして貧乏を脱出しようと強い意志を持つことになる。これがガッツを引き出す根源となる。頑張ってお金を稼ぎ、母親に楽をさせてあげたいというような明確な目標を持つことになる。

アメリカの心理学者であるアブラハム・マズローの「欲求五段階説」をご存知のことだろう。人間の欲望を五段階の階層で法則化したもので「自己実現理論」とも呼ばれている。

第一階層の「生理的欲求」は、生きていくための基本的・本能的な欲求で食べたい、飲みたい、寝たいなどだ。

第二階層は「安全欲求」で、危険を避けたい、安全・安心な暮らしがしたいなどの欲求で住まいや健康などだ。

第三階層は「社会的欲求」で、集団に属することや仲間を求めること。この欲求が満たされない場合、人は孤独に陥り、社会的不安を感じやすくなる。

第四階層は「尊厳欲求」で、他人から認められたい、尊敬されたいという願望だ。

第五階層は「自己実現欲求」で、自分の能力を引き出し、創造的な活動がしたいという思いだ。

貧しく育った若者が持つ欲求は、貧乏からの脱出であり、食べたい、飲みたいの「生理的欲求」や、安全な普通の家に住みたいという「安全欲求」にあたる。このように第一階層、第二階層の欲求は、低次元で生きていくための本能に近いものだ。本能で行動を起こせば、それがやる気、つまりガッツにつながることになる。

定年退職者に働く目的を尋ねると、健康のためとか社会とつながりを持っていたいという考えが多いようだ。しかしこれは建前であり、本音は、生きていくため、つまり生計を立てるためのお金稼ぎということが多いのではないだろうか。しかし、日本人は、お金を前面に出すと、汚いとか、品がないとか軽蔑の目で見られがちだ。日本人にとってお金は、建前上、汚いものとして扱われている。お金は忠実に働いて与えられるものであり、意識して稼ぐものではないとの考えだ。このため金持ちになったからといって、人から尊敬されることはめったにない。

欧米は逆だ。アメリカンドリームという言葉がある。貧しい環境に生まれ、苦労して事業に成功し、大金持ちになった者は、皆からもてはやされ、尊敬される。しかし、大金持ちになると、慈善事業として、恵まれない人を助ける。お金に関する社会の見方が違うのだ。宗教の違いからくるものなのか。

私の場合、働く目的は、はっきり言って、生活のためのお金稼ぎだった。定年を迎えた当時、二人の娘は勤めていたが、同居していた。

退職金は半額を一時支給とし、残りの半額は年金として十五年分割支給としてもらった。このため未だ住宅ローン、銀行ローンが残っており、退職金、年金だけで生活を維持できる状態になかった。

住宅ローンは、次女が米国の大学に入学する際に四年間の仕送りを考えて、ローンの支払期限を定年後まで延長したもの。銀行ローンは、その際に学資ローンとして借り入れたものだった。

そこで当時、定年退職者に格好の仕事として注目されていたＩＳＯ審査員の道を選ぶことになった。

一九九五年当時、我が国は、ＩＳＯ導入の初期で、受審する企業に対し審査員の数が少なく、審査員の売り手市場だった。審査員の待遇は、一日の審査報酬が主任審査員で七万円、一般の審査員で五万円が相場だった。月に八日やれば、主任審査員で五十六万円、一般の審査員で四十万円となり、定年後の仕事としては魅力的だった。

また、審査員の経験を積んで主任審査員となれば、審査員を養成するＩＳＯ研修機関の講師になることができる。講師をやれば、一日十万円になる。

また当時、ＩＳＯを導入する企業が増えており、国際的に通用する認証制度なので、将来的にも安定した仕事になると言われていた。

尚、日本の場合、その後ＩＳＯの取得件数は順調に増加したが、二〇〇六年にはピークに達し、以後少しずつ減少することになった。このため審査機関相互の過当競争が激しくなり、審査料金の値下げ現象が起こった。この影響で審査員の審査報酬も引き下げられることになった。今では、当時とは様相が大きく変わっている。

私が目指したＩＳＯ審査員の仕事は、前述の通り、専門性の違いから審査の割り当てが少なく、思う通り進まなかった。

チャレンジ精神

現役時代から何事にもチャレンジする積もりで与えられた仕事に対し前向きに取り組みたいと思ってきた。この姿勢は定年後にも役に立つ。

私は、医師や弁護士、公認会計士など特殊な専門能力が必要な仕事を除き、どのような仕事でも二、三年やれば人並みにできるようになると思っている。その背景には、次のような生い立ちや業務経歴がある。

太平洋戦争勃発後の昭和十七年、茨城県の農家の三男として生まれ、戦後の苦境の中、経済的理由で高校に行けず、中卒で少年自衛隊に入った。その後文部省の大検（大学入学資格検定試験）を取って、防衛大学校に進んだ。学生時代の専門学科は電気工学だが、あまり勉強せず、ラグビー部に入り、四年時に主将をやった。卒業後は、落下傘部隊である第一空挺団（千葉県船橋市）に勤務した後、幹部学校の指揮幕僚課程（旧陸軍の陸軍大学にあたる）に進んだ。その後、個人的な事情により幹部学校卒業前に自衛官を退職し、外資系で創業間もない石油精製会社（極東石油工業㈱、現在のＪＸＴＧエネルギー㈱）に中途採用で入社した。三十二歳での再出発であった。

当時（昭和四十九年）は、前年秋から始まった第一次オイルショックの真っ只中であり、我が国はエネルギー危機を背景とする経済危機に襲われていた。

会社での経験は、主として総務、人事、資材調達、経営企画などの事務系の管理業務で、製造現場の経験はない。

昭和六十三年、四十六歳の時、二年間、製油所の生産管理課長をやった。全く予期しない想定外の経験であった。

生産管理は、原油の受け入れから、プロパンガス、ガソリン、灯油、軽油、重油、アスファルトなど各種石油製品の生産、在庫管理、出荷など、石油精製の全工程をコントロールする部署であり、いろいろな業務を経験したベテランのエンジニアがやる仕事だ。

石油精製は、専門分野としては化学、機械が主体となっている。

多くのプラントを運転する装置産業であり、装置の運転には化学の知識・技能が必要だ。また装置の維持管理には機械の知識・技能が必要だ。私が専攻した電気工学は、装置を動かすエネルギーは電力なので動力源として使われているが、業務分野としては一部に過ぎない。このため学卒で入社する者は、殆どが応用化学と機械工学だった。

技術担当の役員（常務取締役）が、どういう風の吹き回しか、私に生産管理をやらせてみてはどうかということになり打診があった。受けると回答した。私は、同じ仕事を二、三年やると勝手が分かってくるので飽きがくる。かといって総勢四百人程度の小さな会社なので、行く先は限られる。事務職と技術職の境界がはっきりしており、事務職が技術職の仕事をすることはないのでなおさらだ。

役員は、親会社のM社から来ていた。東大工学部を出て、大手の化学会社に入り、

M社に中途入社で入ったドクター（博士）だった。私が大手町の本社にいる時、会社の将来計画などの企画業務に関する会議で顔を合わせているので面識があった。

生産現場について何も知らない私（当時総務課長）に生産管理をやらせるということで、周りにはベテランを配置し、サポートする体制を作ってくれた。

実際にその仕事をやってみると、知らないことばかりで、スタッフの一人ひとりにいろいろ教えてもらった。兎に角、知らないことは聞くことだ。また現場がどうなっているか足を運んで自分の目で確認することだ。

着任して間もなく、毎朝八時三十分から生産業務に関係する各部門の責任者がそれぞれ電話に出て、電話ミーティングを行った。原油の受け入れ担当、各生産プラントの運転、製品試験、設備管理、製品出荷など各種の業務を担当する現場の責任者が参加し、私の司会進行で、その日の生産計画を伝え、それに対応する現場の状況を確認し、必要な指示をする。待ったなしの実況放送なので神経が疲れる。

生産管理は、製油所の司令塔のような機能を持ち、常に現場がどうなっているのかを把握しておく必要がある。また製油所の業務の流れ全般について精通する必要がある。

自分にとって、この二年間は苦労したが、いい経験になった。この経験が、定年後に品質、環境、労働安全衛生などのＩＳＯの審査員になる切っ掛けとなった。

人生、いつどこで何があるか分からない。貪欲に何でもやってやろうという姿勢があれば、大概のことはできるものだ。

五十代半ばの頃、仕事の第一線から外され、当時よく言われた窓際族となった。会社で懸案事項ではあるが、未だ手が付けられていない積み残し業務を割り当てられた。次の三つの業務を行った。

先ず、人事管理の一環としての目標管理制度（ＭＢＯ）の構築・運用である。経営学者として有名なピーター・ドラッカーが推奨する目標管理の手法を会社向きにアレンジして構築し、管理職を対象に運用する。このため関係する専門書を購入し調べた。また都内で開催されるＭＢＯをテーマとするセミナーに参加した。

MBOの仕組みを作り、その導入のための説明資料を作成した。管理職に集まってもらい、導入説明会をやり、運用を開始した。

次いで、5S運動の導入である。製造現場を主体に多くの企業で導入している、整理・整頓・清潔・清掃・躾の五つのテーマに取り組み、整理整頓の行き届いた安全で働きやすい職場環境を作る仕組みである。書籍、セミナーでの学習や他社のモデル職場の見学を行って、当社向けの仕組みを作り、運用を開始した。運用を主導する組織として、職場ごとに一名の5S委員を選出してもらい、総勢十名の5S委員会を設けた。月に一度、5S委員会が全職場を巡回し、整理整頓等の実情について採点し、ランク付けを行い、その結果を全社的に公表した。

最後は社史の編纂である。会社の創立三十五周年を迎えるにあたり、会社設立の経緯からこれまでの活動の経過について、冊子を作成した。当時、会社は経費節減に取り組んでおり、社史の編纂にお金を掛けられない。そこで社内報の別冊という形で発行した。一般に社史の編纂は、新聞社、出版社などがかかえている専門家に頼むことが多いが、予算の制約があり自前で作成した。会社創設に関わった人への聞き取り調査、蓄積された資料の調査など、やってみると手間のかかる仕事だった。

このような特定の仕事をやる時、私は、この仕事で定年後に飯が食えないかと考えるようにした。ＭＢＯであれば、定年後、ＭＢＯのコンサルタントとしての仕事ができないか、また社史編纂であれば、定年後に他の会社から個人的に委託を受けて仕事ができないかというようなことである。

このように考えると、その業務の専門家を目指して取り組む姿勢を持つことになる。力が入り、やりがいも感じるようになる。窓際族に与えられた軽い仕事とは思わなくなる。

物事は考えようである。どのように受け止めるかで、気合いの入れ方が変わってくるものなのだ。

何をするにも体が基本

生涯現役で働くために大切なことは、健康の維持、家族の安泰、経済基盤、社会との付き合いだ。

皆さん、体調管理はできているだろうか。体力、健康状態はどうか。血圧、コレステロール、肥満度など具体的なデータで現状の体調を把握しているだろうか。

五十代になれば誰でも体に変調をきたす。家屋、車にメンテナンスが必要なように、体にもメンテナンスが必要だ。特に注意を要するのは、癌、心筋梗塞、脳梗塞だ。余命に関係する。定期診断に基づくケアが必要だ。

体力の方はどうだろうか。毎日外に出て歩いているか。運動不足は万病のもとだ。意志が強く、自分で体調管理ができる人は、日常生活の中にウォーキング、ストレッチ、柔軟体操などを取り入れ自主トレーニングすることで運動不足を解消することができる。できれば、これがお勧めだ。

私は、五十代の頃、自主トレーニングの必要性を感じながら、意志薄弱で継続できなかったため、スポーツジムに入会し、週に三日ほど通った。マイカー通勤だったので、どうしても運動不足になりがちだった。そこで帰宅路の途中にある幕張のスポーツジムの会員となり、二時間ほど運動をして汗をかくようにした。最初にストレッチで全身をほぐし、次いでマシンを使って筋力トレーニング、歩行機に乗ってウォーキング、水着に着替え、二十五メートルの温水プールでゆっくり泳ぐ。最後に風呂に入って帰る。

体全体が引き締まり、体を動かすことが苦にならなくなった。また何を食べても美味しく、晩酌で飲むビールの味は格別だった。

ジムに来ている人を見ると、引き締まった体型をしている人が多い。このように筋肉質でスリムな体型ならジムに通う必要がないのではないかと思われた。

毎月新規の会員が入ってくる。少しふっくらした体型の人が多い。当初、トレーナーの指導でメニューを作ってもらい、しばらく通う。しかし二、三カ月すると姿が見えなくなる。継続するのが難しいのだ。何事も継続なしに結果は出せないことを肝に銘じたい。

ジム通いは六十五歳まで続いたが、事情によりやめることになった。平成十八年、通っていたジムが、不況の影響を受けて会員数が減り、経営難となり店じまいしたのだ。代わりに近くにある別のジムに入ったが、二カ月でやめた。料金が割安なせいか会員が多く、トレーニングルーム、プールが混んでおり、また一番楽しみとする風呂が狭くて混雑し、ゆったりできないからだった。

公園で毎朝何人か集まり、ラジオ体操をしている風景を見かけるが、ラジオ体操はお勧めだ。大きくゆったり、限界まで手足の屈伸、上半身の回転を行うことで体の老化を防ぎたい。広場でのラジオ体操はお金がかからない。また集まった人同士で世間話をしてコミュニケーションを図ることにより、頭の老化防止にも役立つ。

体の姿勢にも注意したい。良い姿勢を意識し、常に真っ直ぐ保つ努力をしないと、年寄り特有の前傾姿勢となってしまう。現役で働くためには、見た目のピンとした姿勢が大切だ。

加齢にともない、多くの人が脊柱管狭窄症により上半身が前傾する。背骨の下の部分にある腰椎の軟骨が減り、神経（脊髄）が圧迫されて、痛みを引き起こすのだ。この痛みを和らげるため無意識に上半身が前傾し、悪い姿勢になる。

私は、昨年、近くにある整形外科の医院で脊柱管狭窄症との診断を受けた。医師からリハビリのためのメニューが提示され、病院通いを勧められた。しかしリハビリは、病院に行くので時間とお金がかかる。この程度のことなら自分でもできると判断し、矯正法を考え一年前からやっている。

先ず、ぶら下がり健康器にぶら下がり、圧迫されている背骨の連結部分の軟骨にかかる圧力を緩和する。二十秒間隔で数回やる。

姿勢の矯正法としては硬い布団に枕を使わずに寝る。仰向けになり直立不動に近い形で寝る。寝てしばらくは後頭部が布団に付かない。付くまでに二十秒程度かかる。その間腰骨（背骨の下の部分）に若干の負担を感じるが、間もなく治まる。この姿勢で七時間の睡眠を取ると朝方、姿勢が真っ直ぐになっている。

加齢にともない誰でも膝、腰骨などの軟骨がすり減ってくる。軟骨成分をとるため、気休めかも知れないが市販のサプリメント（グルコサミン）を服用している。完治は無理だが、抑制効果はあるものと思っている。

物事が思うように進展しないため、悩むこと、落ち込むことがある。この時に大切なことは、悩みから逃げずに大いに悩むことだ。人間は地獄を見ると強くなると言われている。失敗は成功のもとなのだ。

悩みを一時的に消す方法は、気分転換だ。自分で熱中できるもの、音楽、ゲーム、スポーツ、何でもよい。

私は、定年退職した直後、仕事を手にすることができず、悩んだことがあった。当時、スポーツジムに通っていた。ジムで体を動かし、汗を流していると、悩みは頭から消える。ウォーキングマシンに乗って、時速八キロにセットし、夢中で手足を動かしている時、悩み事は完全に脳裏から消え去る。落ち込みを防ぐには気分転換が大切だ。

現在、オンサイトセミナーを継続することを前提に体力の維持に努めている。毎日歩くこと、これ以上お腹が出ないよう腹筋を鍛えること。腹筋については、朝晩にぶら下がり健康器にぶら下がる。入浴前にストレッチと腕立て伏せをやっている。

政治家、俳優、芸能人、芸術家で七十代、八十代で活躍している人がかなりいる。皆年齢よりも若い。言葉もはっきりしている。七十代になると言葉がはっきりせず、レロレロ言葉になりがちだ。しゃべらないと声帯が老化するのだろう。風呂に入った時、発声の練習をしている。

何と言っても姿勢がビシッとしている。これは現役で働いているからだ。他人に見られるから、常に姿勢を意識している。また意識して仕事に必要な体力の維持に努めているのだ。

都内の高級ジムに行くと早朝から年配の女優がトレーニングしている姿を見かけるという話を聞く。あの体型は努力の成果なのだ。見習いたいものだ。

このようなことから体力を維持する最善の方法は、働けるうちは働くことと言えるのではないだろうか。

お金がなければ好きなことはできない

サラリーマンが、五十代の生活レベルを維持しようと思えば、定年後、夫婦二人暮らしで月にいくらかかるだろうか。いろいろな統計があるが、私は、月に四十万円、年間約五百万円とみている。前提は、持ち家で住宅ローンの支払いなし、マイカーあり、年に二回夫婦で国内旅行、月一回のゴルフ、付き合いは積極的にやるなど。厚生年金を月に二十〜二十五万円もらっても、残り十五〜二十万円は不足する。この不足分を退職金などの預金や、個人で積み立てた年金で賄うことができれば問題ない。

友人に大手の金融保険業に勤めた人がおり、企業内の積立年金があり、生涯にわたり月に二十万円の支給があるとのこと。奥さんは、兎に角、亭主の長生きを願っているそうだ。羨ましい限りだ。

以前勤めた会社にOB会があり、年に一回、日帰り旅行、ゴルフ大会をやっている。昔の仲間が一同に会し、近況を確認し、よもやま話をするのは楽しいものだ。私は、できるだけ参加するようにしている。参加するメンバーは大体決まっている。元気で働いている人が多い。歳をとると時間はたっぷりある。しかし、先立つお金がなければ好きなことはできない。経済的基盤を維持しながら好きなことをやって悔いのない人生を送りたいものだ。

仕事ができることと仕事を手にすることとは別

定年退職前、仕事ができれば、仕事を手にすることができるものと思っていた。これが間違っていたことを、定年後に初めて知った。世間の厳しさを知らなかったのだ。

第二の人生を通じて言えることとは、仕事ができることと仕事を手にすることとは別であることだ。自営業の場合、営業活動が難しいのだ。

独立して一人で仕事をする場合、すべて自分自身でやらねばならない。仕事がうまくいくのも、いかないのも自分の責任だ。言い訳はできない。自分の能力のなさを反省するだけだ。

営業活動は、まず知ってもらうことだ。会社であれば、どんな会社で何をやっているか、知られている。個人で仕事をする場合、どこの誰か、何も知られていない。知ってもらうには、手紙を出すか、電話をかけて話を聞いてもらうかだ。私の場合、DMを出した。二百五十程度の事業所を選定し、事業所の担当者にDMを出した。当初は何の反応もなかった。それでも諦めずに出すことだ。DMが届いてすぐに反応する人はいない。ゴミ箱行きが普通だ。そのうち、えらいしつこいけど、いっぺん呼んで話を聞いてみようかとなることがある。こうなればしめたものだ。どんなに遠くても飛んでいく。

私は千葉県の船橋に住んでいるが、遠くは新潟市、掛川市まで新幹線で行ったことがある。遠くまで行くと、呼んだ方の受けとめ方が違うのだ。せっかく遠くから来てくれたのだからと感じてくれるものなのだ。一回試しに頼んでみようかとなる。新潟、掛川の二社は、その後リピーターとなり、毎年お呼びがかかっている。営業は絶対諦めないことが肝要なのだ。この経験から私は、営業マンのご苦労と熱意がいかに大変で大きなものであるかがよく分かり、世の営業マンの皆さんを尊敬するようになった。

次いで営業で大切なのは、クイックレスポンスだ。問い合わせがあったら直ぐに返答することだ。何かの原因で返事が遅れた場合は、お詫びの連絡をすることだ。

日頃外出していることが多いのでお客さんとの連絡は、メールでやり取りすることにしている。メールは要件を簡潔明瞭に伝えることに留意している。

また出張講習の仕事が終わったら、お礼のメールを忘れないようにしている。お客様あっての仕事なのだ。相手の窓口担当者は、若い人が多い。また女性が多い。失礼のないように心掛けている。

現在、自分で選んだ好きなことを仕事としているので、これほど有難いことはない。

教えることは学ぶこと

人に教えるには、それなりの準備が必要だ。出張講習で、受講者の満足を得るためには、本来の講義、実習の中身は当然のことながら、何か受講者の心に残る話を盛り込んで、受講してよかったと思われるようにしたい。

受講者は、三十代、四十代の管理職（課長、係長クラス）が多いので、彼らに合った話をネタとしていくつか持つようにしている。

管理者のリーダーシップに関するものだ。

私は、若い頃ラグビーをやっており、スポーツに興味を持っているので、その体験を踏まえて、最近のスポーツの話題を取り上げる。

全日本学生ラグビー選手権で九連覇した帝京大学ラグビー部の岩出雅之監督がどのようなチーム作りをしているか、また箱根駅伝で四連覇した青山学院大学駅伝部の原晋監督がどのようにして選手を育成しているかなどだ。この二人の監督に共通するのは、体育会特有のスパルタではなく、学生個人の自主性を尊重し、個人ごとに具体的な目標を設定させ、その進捗状況に応じた、きめ細かな指導をしていることだ。このやり方は、経営学者として有名なピーター・ドラッカーが推奨する目標管理の手法にあたる。

現在は、世界経済のグローバル化、ＩＴ化にともなう技術革新により変化が激しくなっている。企業の存続自体が容易でない時代を迎えている。家電業界で、かつて大型液晶画面に特化して業績を伸ばし、先見の明があったともてはやされたシャープが苦境に陥り台湾企業の傘下に入ったことも事例として取り上げている。

マネジメントに役立つ身近な事例を取り入れるには、日頃からアンテナを張り、いろいろな情報を収集することが必要だ。これはボケ防止のための最良の薬となるはずだ。

知らないことは聞けばよい

会社に長くいると、いろいろなことを経験し、いろいろなことを知ることになる。教わるよりは教えることが多くなる。当然なことである。

定年後、新規の業務を始めると、初めての経験が多く、知らないことばかりである。しかし悩む必要はない。知っている人に、頭を下げて聞けばいいのだ。

真面目でプライドの高い人は何でも自分で調べようとするが、時間の無駄遣いだ。

情報化時代を迎え、インターネット、専門誌など情報のソースは身近に存在し、利用できるようになった。しかし、自分が欲している情報にたどり着くには時間がかかる。

聞くことは、ストレートにアタックすることなので、時間の無駄がない。また教える方の立場から見ると、教えることは楽しいものだ。自分の存在が、質問する相手から認められていることなので、心理学的に言えば、欲求の第四階層である「尊厳欲求」（他人から認められたい、尊敬されたい）にあたり、ハイレベルな欲求が満たされることになる。また、質疑応答を通じてコミュニケーションが図られ、身近な存在となり、友人になれる。

私が六十五歳で始めたＰＭＳ審査員の仕事は、ＩＴ関係の知識が必要であった。私はこれまでパソコン操作はやってきたが、情報セキュリティについては、何も知らなかった。幸いデスクを並べている同僚には、ＩＴ関係の経験者が大勢おり、何でも聞くことができた。初めから、何も知らないで困っているという姿を見せれば、丁寧に教えてくれるものである。

昔から、「聞くは一時の恥、聞かぬは一生の恥」との諺があるが、そのようにしたいものである。

顧客志向

サラリーマンは会社組織の一員として仕事をしているので、割り当てられた職務をきちんとやればよい。自分で取引先の顧客を意識して仕事をするのは営業部門で働く人に限られる。会社の業務をいくつかに分け、分業体制で仕事をしているからだ。

個人で仕事をする場合、常に取引先の顧客が存在する。その顧客から依頼を受けて、その依頼に応えることが仕事である。常に顧客の希望、期待を把握し、それに応えなければならない。こちらでいくら準備をしても、その内容が依頼した顧客の期待に沿わなければ、評価されない。

最初の御用聞きが大切だ。何をしてもらいたいのか。その理由、背景にはどのような事情があるのか。質問して確認することだ。同じようなことを依頼されても、顧客によって細部の要求は異なるものである。こちらで勝手に判断しないで、詳しく聞くことである。

私が行っている出張講習（オンサイトセミナー）では、その講義内容や監査実習などで強調して話してもらいたいことについて事前にアンケート用紙を送り、書いてもらっている。

顧客は、依頼主つまりセミナーを主催する責任者である。セミナーに参加する受講者のニーズとは異なる場合があるので注意が必要である。

完璧を期さない仕事術

人の性格にもよるが、完璧を求めて、時間をかけて仕事をする人がいる。日本人は真面目で忠実なので、このような几帳面な人が多い。

完全を求めて仕事をすると時間がかかる。仮に完全性を九〇％としよう。これを完全性一〇〇％まで引き上げようとすると、相当の時間がかかる。九〇％までにかかったと同じ程度かかるかも知れない。どうするか判断のしどころだ。

私は、仕事でどこまで完全を求めるかは、費用対効果だと思っている。九〇％から一〇〇％へ一〇％引き上げるのに、前と同じ時間がかかって、価値が二倍になるならよいが、そうでない場合は、九〇％でよしとした方がよい。もちろん、これは一般論であり、そうでないケースもあるが、日本人には真面目な人が多く、やり過ぎの傾向があるように感じるので提言したい。

二〇一六年のＯＥＣＤデータによると、我が国の国内総生産（ＧＤＰ）は世界第三位であるが、国民一人あたりの労働生産性は、ＯＥＣＤ加盟三十五カ国中、二十一位とかなり低い評価となっている。

優秀だと言われる日本の労働者の生産効率が低いのは何故か。これは本人が普通だと思ってやっている仕事の中に無駄な部分があるか、または仕事を指示する立場の管理者が、意識せずに無駄な働きをさせているかのどちらかではないか。特にお客さんに対応する小売り、飲食、宿泊などのサービス業の生産性が低い。これらのサービス業の省力化が進んでいないのではないか。また過剰サービスに陥っているのではないだろうか。

「おもてなし」という言葉があり、これが日本の得意技と言われる。二年後のオリンピックでは、「おもてなし」をセールスポイントにしようとしている。「おもてなし」

を徹底しようと思えば人手がかかる。また「おもてなし」は、顧客が期待している以上に満足感を与えることである。期待には、この程度という限界がない。人間の欲望には限界がないからだ。日本は、今や人手不足の時代に入っている。高級なレストラン、ホテルなどのように提供した「おもてなし」に対し、それに見合う対価が得られればよいが、これは一部に限定される。この際、人の手を介するサービスの価値を見直し、「おもてなし」についても検討する時期がきているのではないだろうか。

人の話を聞こう

歳をとっても、できることなら人から頼りにされる人間になりたいものだ。頼られるには、信頼関係が不可欠だ。これは日頃の行いによって決まる。長い間の積み重ねだ。

この人ならまた逢って話がしたいと思われる人になりたいものだ。

話をよく聞いてくれ、共感を持ってくれる、アドバイスをしてくれる人だ。コンサルタントとして成功する人は、このような人ではないだろうか。人の話をよく聞けば、自然といろいろな情報が入ってくる。意識してアンテナを張らなくても新しい情報が入ってくる。

一般に歳をとると、人の話が聞けなくなると言われる。他人に対する気配りが不足し、自分勝手になるのだ。それでも年寄りだからと、誰も文句を言わない。そこで自分勝手がどんどん進む。結果は、いつの間にか周りに人がいなくなる。自ら意識することなく、孤独の道を歩むことになる。これが典型的な定年後の悲哀である。

昔の仲間が集まる同窓会、会社のＯＢ会などで、しばらくぶりに顔を合わす。司会者が気を利かせて、一人ひとりに近況報告をさせる。一人の持ち時間を二分としよう。最初は皆耳を傾けて熱心に聴いているが、途中で、酒を飲んでいることもあり、ざわめいてくる。私は我慢ができず、立ち上がって、大きな声で叫ぶ。「今日集まっているのは、一人ひとりの近況を聞くためではないか。人の話を聞けなくなるのが老化現象の始まりだ」と。爾後、分かってくれたのか、静かになる。

人への関心なしには人間関係は築けない。人間関係が築けなければ友人はできない。聞き上手こそ人間関係を豊かにする基本だ。

押しと引きは柔軟に対応する

定年退職者の仕事は、その会社に不可欠な重要な内容が含まれることは少ない。重要な仕事は、会社組織の特定な部門が取り扱うもので、定年退職者が取り扱うことは少ない。

特に現役時代、バリバリ仕事をした人は頑張り過ぎないように注意が必要である。頑張って筋を通そうとすると、煙たがられることがある。嫌われるもとである。責任を持つ立場ではないのだから気楽に考えて、あまり押し過ぎないことだ。引き下がるタイミングを失しないことだ。

私は、定年後の処世術として、他人の監督下で仕事をする場合、気付いた点や改善の提案をする場合、先ず上司がこちらの意向を聞く耳を持っているかどうかを考える。持っていると判断した場合は、一つのアイデアとして控えめに話す。そうでないと判断した場合は、何も言わない。よかれと思って言ったことが、上司に受け入れてもらえない場合があるからだ。また年配者の意見ということで煙たがられる恐れもあるからだ。

第三章　定年後の過ごし方

家族の安泰がエネルギーの源泉

一日の大半は家の中で暮らす。暮らす環境が、明るく健全であれば、ゆっくり安らぐことができる。安らぐことにより明日へのエネルギーが湧いてくる。

長く連れ添った伴侶を大切にしなければならない。自分が健康で働けるのは、妻が世話してくれるからだ。衣食住全て任せて妻におんぶに抱っこじゃないか。先立たれることを考えると目の前が暗くなる。伴侶に先立たれ、自殺した文芸評論家がいた。また入水自殺した評論家がいた。自分にそんな度胸はないが、分かるような気がする。

女性は我慢強い。無理して我慢しないことだ。病気でも怪我でも、回復が遅いと思ったら、今かかっている医者を疑うことが大切だ。最近の医者は、問診を手抜きしている。患者が多いこともあろうが、本人の自覚症状より、検査結果のデータを重視する傾向がある。誤診の恐れがある。おかしいと思ったら、遠慮しないで別の医者に診てもらうことだ。

家内は、十年ほど前、浴室の掃除をしている時に足を滑らせて転倒し、左手首を骨折した。近くの外科医院で治療を受けギブスで固定した。三週間後ギブスを外したら左手首の関節が動かなくなった。血行障害だった。しばらくリハビリに通ったが回復しないので、知人の紹介で慶應大学病院の外科の名医と言われる先生に診てもらった。しばらく通院してリハビリを繰り返し、日常生活に支障がない程度まで回復した。子供、孫と同居の有無にかかわらず、健康管理に注意し、家族一同笑顔で暮らしたい。男として歳をとっても家族を守る責任を果たしたい。

話は変わるが、先祖の供養を疎かにしてはいけない。

先祖あっての自分であり、家族である。私は三男であるが、妻が一人子であり、実家の墓が茨城県の田舎にある。先祖代々の墓である。毎年お盆には墓参りに行っているが、何分遠いので負担を感じる。田舎に転居することはないので、このままでは無縁仏になってしまう。

そこで墓の引っ越しをすることにした。昨年、都心の赤坂にある堂内墓苑を買い求めた。今春、田舎の「墓じまい」を行い、新たな墓に納骨した。先祖には住み慣れた田舎の田園地帯から都心に移転し申し訳ないが、事情が事情だけにやむを得ない。二人の娘、孫とも都心に住んでいるので、家族一同で先祖供養に努めたい。

趣味は心の安らぎ

仕事をしているが、会社で現役として仕事をしているのと違い、ほとんどストレスを感じない。自分で好きなことをやっているからだ。しかし仕事は、やはり仕事だ。これだけでは生活に潤いがない。何か没頭できるもの、心に安らぎを感じるものを趣味として持つことが必要だ。また自分の知識、経験を豊かにする知的な活動をやってみたいものだ。

❏囲碁

　囲碁を若い時からやっている。四十代の頃、会社の昼休み、昼食を社員食堂でせっせと済ませ、仲間と碁をやった。仲間が八人ほどいて、星取りのリーグ戦をやり、順位を決めた。順位があると少しでも強くなり、上位に付きたくなる。そこで会社の帰り道、自宅近くのＪＲ津田沼駅付近にある囲碁センターに立ち寄って対局した。二年ほど通い、棋力は二段程度まで上達した。

　大学の同窓会活動に卒業年次別対抗の囲碁大会があり、毎年秋に市ヶ谷の日本棋院の大広間を会場として開かれる。この参加チーム八名のメンバーとなっている。実際は、棋力から補欠のメンバーのようなものだ。腕を磨くために二カ月に一回、都内の囲碁センターに集まり対局している。リーダーは学生時代の囲碁部の主将がやっている。

五年ほど前、市ヶ谷にある日本棋院がやっている囲碁教室の有段者コースに入り、二年ほどプロ棋士のレッスンを受けた。プロ棋士の講師が三十人程度の受講者に対し大盤で棋譜を並べて解説する。目からうろこが出るほど勉強になる。プロ棋士との置碁対局もある。レッスンを受けているときは、なるほどと納得するが、さっぱり自分の身に付いていない。記憶力、判断力、先を読む想像力の劣化を実感する。

自宅においてネットで対局した。相手は見えないが、負けると悔しいものだ。時々品のない下手な手を打って、相手に迷惑をかけたことがあった。その反省から、最近は、ネットの対局はお預けとし、市販の囲碁のソフトをCDで買い求め、対局している。最近ソフトのレベルが高くなり、今や日本棋院認定のれっきとしたアマチュア八段の実力だ。八段のインストラクターを自宅に招き、個人指導を受けているのと同じことだ。

もちろんいつも大差で負けるが、相手はコンピュータなので悔しくない。待ったもでき、次の一手も教えてくれる。親切この上ない。いつも大模様を張られるか、大石が殺されて負ける。こんな名インストラクターの指導を受けていても、こちらの棋力はなかなか上達しない。現在の棋力は三段程度だろうか。

日曜日にはテレビのＮＨＫ杯囲碁トーナメント（早碁選手権）の対局を観ている。プロの碁は、その一手一手が碁盤全体を使い、深い読みにより打たれており、勉強になる。難しくなるとこちらの頭が付いていけず、疲れて、いつの間にか居眠りしてしまう。趣味で観戦しているのは気楽で楽しいものだ。

❏ゴルフ

ゴルフは三十代半ばで始め、今でも細々やっている。

五十歳の時に近くのゴルフ場の会員権を購入し、休日を利用し、月二回程度のペースでプレイした。近くのスーパーマーケットの屋上でやっている初心者ゴルフ教室に一年ほど通い、レッスンを受けた。しかし自己流の悪い癖が治らず、思ったほど上達しなかった。練習場ではできても、本番のコースではできず、元の癖が出てしまうのだ。ハンデは十八止まりだった。

当時はゴルフブームで会員権も高く、休日は会員でないとなかなかプレイできない状態だった。今はゴルフ人口も減り、会員権は大幅に安くなった。また平日であれば会員でなくても割安でプレイできる。バブルのすさまじさと時代の変化を実感している。

毎年秋に会社のOB会が主催する懇親ゴルフ大会がある。これに参加して、後輩の足を引っ張らないよう、時々コースに出て練習している。加齢とともにパワーがなくなり、ボールが飛ばなくなった。それでも昔のゴルフ仲間と会ってプレイするのは楽しいものだ。しばらく続けたい。

❏読書

若い頃から『文藝春秋』を購読している。偏りのない良識派の意見が多く、読み応えがある。

本は、その都度思い付きで興味を持ったものを購入し読んでいる。仕事の関係で会社経営やリーダーシップに関するものが多い。また最近の世相から防衛問題、憲法改定論議に関する識者の意見に興味を持っている。

年齢のせいか、人の生き様に関するもの、宗教、日本人の精神構造、健康管理に関するものも読んでいる。

❑庭いじり

昭和六十年、四十三歳の時に現在の場所に土地を買い求め、家を建てた。当時、庭付き一戸建てはサラリーマンの夢だった。東京の大手町に本社があり、千葉県の市原市の海岸に製油所がある。両方への通勤の便を考え、その中間地点として船橋を選んだ。

土地が六十三坪あるので、狭いながらも十五坪ほどの庭を持つことができた。家内がバラの花が好きだったので、バラの花壇を作った。

庭のフェンス沿いと左側ベランダ寄りに花壇を作り、境界を赤レンガで仕切った。バラの苗は八千代市にある京成バラ園で購入した。

花壇に通路を作り芝生を張った。また右側のベランダ寄りのスペースには、真っ白な鉄製のテーブルと椅子を置き、その下にはレンガを敷き詰めた。庭の隅の方に黒色の鋳物でできた街灯を立てた。バラは年々成長し、フェンスのネット沿いには黄、赤のつるバラが、花壇には赤、黄、白、紫などの大輪、中輪の花が咲いた。華やかな庭景色となった。

バラは虫が付きやすい。また黒点病、うどんこ病などの病気にかかりやすい。消毒が欠かせない。肥料もこまめにやる必要がある。結構手間がかかる。手の入れ方で、その年の花の付き具合が違ってくる。植物は正直なのだ。

今は、歳をとって時間の余裕があるのに手入れがおっくうになり、世話が行き届かない。手入れ不足で枯れてしまうものもある。庭を見ては反省している。

付き合いは生きがいと老化防止の良薬

これまで過ごした七十六年の人生で多くの友人、付き合い仲間ができた。時には集まって、現況を確認し、世相談義、世間話をするのは楽しいものである。逢う度にその当時に戻り、体内にはつらつとした生気が湧くのを感じる。

定年後も働いている多くの人と付き合いがあるが、皆ガッツがあり、性格が明るく、社交的で好人物が多いように感じている。

❏少年自衛隊の同期会

中卒で茨城県の阿見町にある武器学校の生徒教育隊に入隊した同期八十名の集まりで、最近は毎年全国各地場所を変えて一泊旅行をしている。十五、六歳で同じ釜の飯を食った仲間の絆は、特別のものがある。定年まで勤めた者、途中で転職した者に分け隔てがない。中には、一年で辞めて、郷里に帰り、母と洋服の行商から身を起こし、今では県内一の結婚式場チェーンの経営をしている者もいる。夜学で大学を出て、議員秘書をやり都議会議員になった者、現役の市議会議員、介護施設の経営者、美容業組合の理事など人生様々である。

この会合に、数年前まで予科練（海軍予科練習生）出身の九十歳過ぎの元教官も参加されていた。高等小学校から十代半ばで海軍に入ったためか、我々を後輩のように思っており、毎回出席されていた。

❏防衛大学ラグビー部同期会

年に二回都内の居酒屋に集まっている。私が万年幹事をやっている。ラグビーをやっていたのでは皆元気だろうと思いがちだが、ガタがきている者が多い。若い頃に体を酷使したせいかも知れない。どうしても病気、体調管理の話題が多くなる。

❏会社の五人組

千葉市近郊に住む同年代の会社仲間の昼食会で、年に三回幹事を持ち回りでやっている。二人が亡くなり、現在五人。誰が一番長生きするかは、予想が全会一致している。定年とともに横浜にあるエンジニアリング会社に勤める七十四歳のエンジニア、この人である。プラント建設で中東に海外出張することもある。酒を止めて体調がよくなったとのこと。ホールインワンでおりたゴルフ保険でご馳走になった。世相談義に花が咲く。

❏船橋会

現在勤めている財団法人で船橋近郊に住む七人衆の集まり。定年後に入ったため、元の業種は様々でＩＴ、金融、保険、製造、物流など。生涯現役を目指す者もいる。皆イキイキしている。いろいろな考え、生き様があり、面白い。

❏会社OB会

総会の他、年に一回の日帰り旅行、ゴルフ大会がある。活動に会社の補助があるので有難い。元気で働いている者の参加が多い。

世に孤独を勧めるような出版物が出ているが、私は孤独に耐えられる強い人間にはなれそうもない。

近年、年賀状で高齢を理由とする賀状辞退の通知を受けるが、その友人との繋がりは維持したいので、勝手に出している。

定年後でも友人はできる

サラリーマンにとって会社は一つの社会である。働いて給料をもらう生活の基盤である。また一緒に勤める会社の仲間は、付き合い仲間でもある。付き合い仲間なので、仕事を離れたオフタイムでもゴルフ、マージャン、飲み会と行動を共にする。

定年後も一、二年は続く。しかしそれ以降は、月日の経過とともに疎遠になる。友人がなくなり、付き合いがなくなると寂しくなり、老けていくのを実感する。それに耐えることができる人は、それでよい。

会社時代の付き合いも結構だが、定年後、第二の人生を歩むのであれば、第二の人生に相応しい友人関係を作ってみたい。町内会、趣味の会、生涯学習、ボランティアなど人が集まるところには人と人との交流がある。自分をオープンにして、こちらから働きかければ友達は作れるのではないだろうか。

生涯現役で働いている人も、仕事を通じての知り合い、顧客との交流など、出会いの場はあるものだ。必要なのは、常にこちらから働きかけることである。待っていても人は寄ってこない。

何所まで付き合うか、付き合いの程度は、以心伝心となる。無理をして付き合う必要はない。あまり気を遣わない方がお互いのためだ。

一カ月前、六本木の事務所（前述の財団法人）で、仕事仲間の同僚が私のデスクにやってきて、声を掛けてきた。「ラグビーをやっていたそうですね」とニコニコしていた。私が、昔ラグビーをやっていたことを、彼の同僚から聞いてきたのだった。彼は、慶應大学のラグビー同好会のキャプテンをやっていたのだ。早速、ラグビー談議をしましょうということで意気投合し、近くの居酒屋で一杯やった。アルマーニの制服でマスコミを賑わせた中央区立泰明小学校の出身で、銀座界隈に昔の友達が多くいるとのことであった。いろいろな話をすることができ楽しかった。スポーツには、人の心をつなぐ共感があるのだ。

入院は明日への準備

定年まで元気で仕事をしていた人が、定年後、生活環境の変化から病気にかかることがある。仕事がなければ毎日が日曜日だ。頭も体も解放される。この解放感が、いままで抑えられていた体内の不満分子が動き出す要因となることがある。

私は、早期希望退職に応じ、休職扱いとなって三カ月後に、二週間の入院を体験した。入院は生まれて初めてだった。病名は胆嚢結石。以前からそれなりの兆候があったが、胃潰瘍ではないか程度に軽く思っていた。当時、早期退職と再就職が重なり、ストレスを感じていたので内臓に影響したのではないかと思っていた。

深夜、寝ている時に突然腹部に激痛を感じ、起き上がることができずに救急車を呼んだ。病院に着くと、その痛みは消えた。そこで精密検査を受け、胆嚢結石であることが判明した。ついてないことに胆嚢だけでなく、胆管にも結石があり、両方一緒に摘出手術を行うことはできないとのこと。このため入院して胆嚢の摘出手術をする。その後経過を診て、胆管の石を超音波で砕いて摘出することになった。

近くにある千葉徳洲会病院で手術を受けた。二週間の入院は長かった。八人部屋で、ベッドはカーテンで仕切られているが、常に拘束され、自由がない。テレビとCD音楽で時間を過ごした。手術が終われば、元の状態に戻れることが分かっているので気楽ではあった。健康の有難さを実感した二週間であった。当時、休職扱いで、毎日自宅におり、ＩＳＯの審査員となるための準備をしていた。

新たな出発にあたりボディチェックができたと思えば、意義のある入院であった。

車の運転

仕事柄、車の運転は欠かせない。

昨年、後期高齢者となり、免許証の更新にあたり法定の講習を受けた。シミュレーターによるハンドル、ブレーキ操作テストの他、実地運転、認知症検査も受けた。実地運転の一時停止で指摘を受けたが、免許更新に問題はなかった。

ドライブ旅行が好きで、昨春、日本海周りで善光寺、永平寺、出雲大社まで行った。帰路は、姫路城、淡路島、浜名湖、三保の松原を巡り四泊五日、走行距離二五〇〇キロのツアーを満喫した。ペット連れなので、ペットが同宿できるホテルを探すのに苦労した。

最近、度々高齢者の自動車事故がテレビで報道される。あのようになり、家族に迷惑をかけることは避けなければならない。加齢とともに視力が低下し、視界が狭くなる。ハンドル操作の反応も悪くなる。安全運転に不安を感じるようになれば、運転をやめる積もりでいる。

暗くなると視界に不安を感じるようになり、夜間の視界をよくする眼鏡を作った。安全運転に努めたい。

住まい

住まいは生涯現役を支える居場所であり、大切な生活環境だ。今年に入り、家内は足腰が弱ってきたせいか、庭の手入れに負担を感じるようになった。住まいの方も、二人の娘が嫁ぎ、二人だけなので二階は、寝室以外は使わず、掃除も大変になってきた。近くに店がなく、買い物も不便だ。付近の居住者は、八十代が多く、ここ数年空き家が目に付くようになった。

今では、戸建てより、駅に近い集合住宅の方が生活に便利だ。しかし土地の実勢価格は、大幅に下落し、駅近くのマンションへの買い替えは、とても無理である。

築三十三年、当時バブルの直前で土地の高騰前ではあったが、土地と家で五千万円を超えた。先日不動産会社に査定してもらったら、二千万円とのこと。周辺の価格動向を把握していたので、ある程度予測していたが、現実は厳しかった。元気で日常生活に支障をきたさないうちは、ここに住む積もりだ。

外見を意識しよう

生涯現役を目指すには、外見もそれなりにシャンとしていなければならない。他人に不快な印象を与えてはならない。

外出したら、ショーウインドーに映る自分の姿を見ることにしている。真っ直ぐな姿勢で歩いている積もりでも前かがみになっている。意識してもそうなので、意識しないと老人特有の前かがみ姿勢になる。脊柱管狭窄症と診断されているのでやむを得ない面もある。

お腹が出るのもみっともない。努めて太らないよう、食べ過ぎに注意している。また、ぶら下がり健康器にぶら下がり腹筋の強化に努めている。入浴前に腕立て伏せをして腹筋を鍛えている。しかし、一寸やり過ぎると足腰の関節に痛みを感じることがあるので、無理のない程度にやっている。

服装にも配慮が必要だ。できればかっこいい老人でいたいものだ。高価な衣服を身に着ける必要はない。T（Time時間）P（Place場所）O（Occasion場合）に応じて、不自然と感じさせない清潔な服装をすればよい。好み、趣味があるので、これまでとしたい。

孫との付き合い

私には三人の孫がおり、都内に住んでいる。

昨年六月より、週に二回、月・水曜に二人の孫（小学五年男子、小学四年女子）の家庭教師代わりとして算数を教えている。子供が小学生、中学生の頃、家で子供の家庭教師をやったことがある。その繰り返しだ。これも生涯現役の一環だと思っている。ボケ防止には最適だし、孫とのコミュニケーションができる。

近所の奥さん達が、最近孫が訪ねてこなくなったと寂しがっていたが、こちらは押しかけていって毎週逢っている。

勉強中は厳格に接し、甘えを許さないよう努めている。私立に通っており、学校のやり方なのか、宿題が多いのに驚いている。

頭の程度は、ある程度遺伝による。生まれながらにして決まっていると思っている。今の教育は知識偏重で、基本となる体力、精神力の養成が軽んじられているのではないだろうか。これでは、こぢんまりした人材が育成され、豊かな想像力を持ち、リーダーシップを発揮する有為な人材が育成されないのではないかと危惧している。

孫の成長する姿を見ると、自分が老いていく姿を素直に認識する。以前は死を恐れていたが、今では、やがて老いさらばえて生きている自分の姿を想像し、恐怖感を持つようになった。死への恐怖感が幾分緩和されたように感じる。家庭教師は、終活にも役立っているのだ。

ペット

ペットは夫婦二人になった家庭に対し潤いを与えてくれる。生涯現役を目指すには、その疲れを癒やす存在が身近にあったほうがよい。それがペットの役割である。十八歳となったミニチュアダックスが室内犬として居住している。娘がネットで探して購入し、結婚する際に置いていった。

加齢により体力が衰え、階段を上って二階へ行くことができない。また目は白内障で遠くは見えず、認知症の症状も見られる。

自分達の近い将来の姿を先取りして、見せてくれているのだ。最近は食欲も衰え、体が細くなり、着せている洋服がぶかぶかになっている。日中は私がいない限り寝ている。人間であれば寝たきり老人である。それでも私が帰宅すると、玄関に出て喜んで迎えてくれる。私の存在価値を認めてくれる大切な仲間である。

七年前に飼っていた猫（アメリカンショートヘア）が高齢の心臓疾患で死んだ。息を引き取る間際まで同居の犬を子供のように可愛がり、嫌がらずに遊んであげていた。夜間急に容態が悪くなり、かかりつけのペット病院に連れて行ったが、静かに息を引き取った。見事な往生であった。やがて自分にも訪れる往生に対する生きた模範のようだった。

ペットは生き物、寿命がある。ペットを残して先立つようなことは避けなければならない。ペットを飼う人の基本的マナーだ。

自分史を書こう

定年後に生涯現役として働いている期間は、人生で最も充実した期間である。現役時代は、家族を養うために働いてきたが、定年後は、子供も所帯を持ち、夫婦二人の生活に戻る。

自分の好きなような人生設計をして、第二の人生を送ることになる。自分らしく満足のいく生活ができるかどうか、全て自分の生き様、日常生活の取り組み方にかかっている。

やがて歳をとり、体力気力も衰え、人生の幕を閉じる時が来る。

現役時代は、あれをやりたい、これもやりたいと思っても、仕事に追われその時間がなかなか取れなかった。第二の人生を送っている今なら、時間の余裕は十分過ぎるほどある。この間に自分の人生をふり返り、印象に残ったことを記録にとどめておきたい。自分のためである。家族が興味を持ってくれるなら家族のためにもなる。

伴侶・子供にとって夫・父親は、常に身近な存在である。しかし他人である。人生、何を考え、どのように生きてきたのか本人が語らなければ分からないことがあるに違いない。

七十二歳の時、親しくしていた友人の何人かが立て続けに亡くなった。七十歳を過ぎれば、いつ、どこで、何があってもおかしくない。そういう年頃になったことを深刻に受け止めた。

そこで自分の生い立ちからこれまでの人生をふり返り、「思い出すまま」に、印象に残る出来事、人との出会いなどを、メモ書きすることにした。

しかし、若い頃、新たな年を迎える度に、「今年から日記を書く」ということを思い付き、始めたものの三日坊主で終わったという苦い経験が何回もある。そこで意志が薄弱な自分を縛る方法を考えた。

昔のラグビー仲間が十人ほどいるが、彼らに自分のこれまでの印象に残った出来事を、思いつくままにメモして、メールで発信することを約束したのである。

何とか三カ月にわたり毎日発信することができた。受け手にとって、迷惑な話だったろう。それでも中には奥さんが読んで「面白いと言っていた」とお世辞を言う者もいた。

その後その内容を、年代順に整理し、冊子にまとめてみた。また適宜、追加した。現在、百七話までとなった。

自分史を書くことは、自分のこれまでの人生をふり返り、反省することになる。これからの人生設計のバックデータとしても役に立つ。興味のある方にお勧めしたい。

おわりに

咲き誇った庭のバラも散り始めました。しかし来年もまた咲いて和ませてくれることでしょう。これから梅雨の季節に入ります。長雨に体を休め、真夏の暑さに耐える。植物は、取り巻く環境に順応し逞しく生きています。

最近、加齢にともない体力の衰えを感じるようになりました。しかし、気力はまだ何とか健在であると思っています。

定年を前にした五十代をふり返ってみると、当時、自分では世の中をかなり分かっていた積もりでいましたが、それは経験した狭い範囲であったことを感じます。

人生八十年、いや九十年、まだまだ未知の世界があると思うと、心がワクワクします。のんびりしていられません。

しかし、時折立ち止まって、ひと息入れないと体が付いてこないでしょう。そんな思いで定年後の人生をふり返ってみました。

第二の人生は、多くの人との出会いがあり、その人達に支えられながら前向きな姿勢で送ることができています。

公私にわたり充実した十七年でした。

スタート当初に思わぬつまずきがありましたが、自分なりのチャレンジ精神で何とか切り抜けてきた経験があるだけに、感慨深いものがあります。

自らの拙い体験を率直に書いた積もりですが、浅学菲才の身であることから作文能力に劣り、表現力が乏しいため、伝わり難い点があったのではないかと危惧しています。

そんな考え方、やり方もあるのか程度に捉えていただき、第二の人生を送るにあたっての参考としていただければ幸いです。

二〇一八年六月

鬼沢　勲

鬼沢　勲（おにざわ　いさお）

1942（昭和17）年、茨城県鹿島郡巴村（現在の鉾田市）に生まれる。少年自衛官として陸上自衛隊武器学校に入隊。大学入学資格検定試験で高校卒業の資格を取得。防衛大学校に入校、専攻は電気工学科、４学年時ラグビー部主将として卒業。第一空挺団（船橋市にある落下傘部隊）に勤務の後、幹部学校指揮幕僚課程（市ヶ谷）に進む。32歳で自衛隊を退職し、外資系石油精製会社である極東石油工業㈱（現在のJXTGエネルギー㈱）に中途採用で入社。総務、人事、資材調達、生産管理、経営企画等の業務を経験。59歳で早期定年退職制度を利用し退職。ISO審査機関、ISOコンサルティング会社と契約し、審査業務、コンサルタント業務を実施。65歳で一般財団法人日本情報経済社会推進協会の契約審査員としてプライバシーマーク制度の審査業務を担当。また定年後、個人的にISOの内部監査員養成セミナーの講師として石油、石油化学、食品、化粧品、医薬品などの事業所を訪問し、オンサイトセミナーを実施。

生涯現役奮闘記

後期高齢者が書いた体験と提言の記録

2018年11月9日　初版第1刷発行

著　者　鬼沢　勲

発行者　中田典昭

発行所　東京図書出版

発売元　株式会社 リフレ出版

〒113-0021　東京都文京区本駒込 3-10-4

電話 (03)3823-9171　FAX 0120-41-8080

印　刷　株式会社 ブレイン

ISBN978-4-86641-186-6 C0095

Printed in Japan 2018

ご意見、ご感想をお寄せ下さい。

［宛先］〒113-0021　東京都文京区本駒込 3-10-4

東京図書出版